- HERGÉ -

LES AVENTURES DE TINTIN

LES BIJOUX DE LA CASTAFIORE

casterman

Les Aventures de TINTIN et MILOU
ont paru dans les langues suivantes :

allemand :	CARLSEN
alsacien :	CASTERMAN
anglais :	EGMONT
	LITTLE, BROWN & Co.
basque :	ELKAR
bengali :	ANANDA
bernois :	EMMENTALER DRUCK
breton :	AN HERE
catalan :	CASTERMAN
chinois :	CASTERMAN/CHINA CHILDREN PUBLISHING GROUP
cinghalais :	CASTERMAN
coréen :	CASTERMAN/SOL PUBLISHING
corse :	CASTERMAN
danois :	CARLSEN
espagnol :	CASTERMAN
espéranto :	ESPERANTIX/CASTERMAN
finlandais :	OTAVA
français :	CASTERMAN
gallo :	RUE DES SCRIBES
gaumais :	CASTERMAN
grec :	CASTERMAN
indonésien :	INDIRA
italien :	CASTERMAN
japonais :	FUKUINKAN
khmer :	CASTERMAN
latin :	ELI/CASTERMAN
luxembourgeois :	IMPRIMERIE SAINT-PAUL
néerlandais :	CASTERMAN
norvégien :	EGMONT
occitan :	CASTERMAN
picard tournaisien :	CASTERMAN
polonais :	CASTERMAN/TWOJ KOMIKS
portugais :	CASTERMAN
romanche :	LIGIA ROMONTSCHA
russe :	CASTERMAN
serbo-croate :	DECJE NOVINE
slovène :	UCILA
suédois :	BONNIER CARLSEN
thaï :	CASTERMAN
turc :	INKILAP PUBLISHING
tibétain :	CASTERMAN

www.casterman.com
www.tintin.com

ISBN 978 2 203 00120 6

Achevé d'imprimer en février 2010, en France par Pollina s.a., Luçon - n°L22207. Dépôt légal : 2è trimestre 1963; D. 1966/0053/152.

LES BIJOUX DE LA CASTAFIORE

Ah! le printemps!...Le joli mois de mai!...La nature...dans toute la fraîcheur du renouveau!...

Le gazouillis des oiseaux!...Ces fleurs des bois!...Et ces parfums! ...Cette bonne odeur d'humus!... Respirez à fond, Tintin. Emplissez vos poumons de cet air pur et vivifiant, si fin, si léger, si pétillant qu'on a envie de le boire...

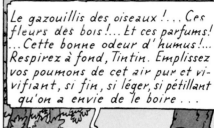

À vrai dire, comme parfum, ceci ne ressemble pas précisément à celui du muguet!...

Tiens! c'est vrai!

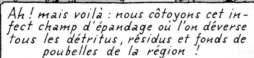

Ah! mais voilà : nous côtoyons cet infect champ d'épandage où l'on déverse tous les détritus, résidus et fonds de poubelles de la région !

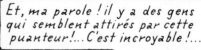

Et, ma parole! il y a des gens qui semblent attirés par cette puanteur!...C'est incroyable!...

Des Romanichels!

Aucun sens de l'hygiène, ces zouaves-là!...Inouï!...

Chut!...Ecoutez!...On dirait un enfant qui pleure...

BOU-OUH!

Une petite Bohémienne !...

BOU-OU-OUH!

Elle se sera éloignée du campement que nous venons de voir...

Bonjour !... Eh bien ! pourquoi pleures-tu ? Dis-moi : tu as perdu ton chemin ?...

?

Allons, n'aie pas peur ! Comment t'appelles-tu ? Moi, je m'appelle Tintin. Et toi ?...

Réponds donc, petite !...

Mais cesse de te démener, tonnerre de Brest !... Nous n'allons pas te manger !...

Non, non, capitaine !

HI-I-III !

AOUH !

HANGGG !

Mille milliards de mille sabords !

Espèce de petite tigresse !... Gare à toi si je te rattra- pe !...

Non, mais regardez-moi ça ! Elle m'a mordu jusqu'au sang, cette diablesse !

C'est vrai, mais vous l'avez effrayée !

WOUAH! WOUAH!

Que se passe-t-il encore ?

?

WOUAH! WOUAH!

Oh ! la pauvre petite !...

Pauvre petite ?...

WOUAH! WOUAH!

Mon Dieu! elle a trébuché dans les ronces et elle s'est cogné la tête contre cette racine!

Tu n'es pas blessée?...Non, tu ne saignes pas...Tu auras peut-être une bosse, mais ce ne sera rien...

Pauvre gosse!...

Allons! n'aie pas peur, nous allons te reconduire chez tes parents... Peux-tu te lever?...

KILIKILIKILI!

Ça va?...

Et quelques minutes plus tard.

Mamma!

Miarka!

Dire qu'il y a des gens qui vivent comme ça au milieu d'immondices!

Hélas!...

Bonjour tout le monde!

Nous l'avons trouvée dans les bois, où elle s'était sans doute égarée. Lorsqu'elle nous a vus, elle... euh...elle s'est enfuie. Mais un peu plus loin, elle est tombée la tête la première contre une grosse racine. Alors voilà, nous vous l'avons ramenée.

Toi homme généreux. Moi te dire la bonne aventure... Toi mettre un peu d'argent dans ta main.

Non, non, merci! ...Pas question!

Et...euh...peut-être serait-il prudent, par acquit de conscience, de la faire examiner par un médecin.

Un médecin!...Vous croyez sans doute que nous avons assez d'argent pour payer un médecin.

Écoute, monsieur!...Moi te dire la bonne aventure...Toi mettre un peu d'argent dans ta main.

Non, non, lâchez-moi, s'il vous plaît!

OOOOOH!

Eh bien, quoi?... Qu'y a-t-il?...

Toi mordu !...

Si c'est tout ce que vous avez à me raconter, moi aussi je puis vous dire la bonne aventure !...

Toi faire très attention !... Sinon, accident ! ... Mais pas grave !... Toi bientôt nouvelle voiture !...OOOH !... Moi voir belle grande dame étrangère... Elle venir te rendre visite...OOOH !... Elle avoir bijoux magnifiques !... Et... OOOH !... grand malheur !

Quoi encore ?

Bijoux partis !... Disparus !... Envolés !...Toi mettre un peu d'argent dans ta main, et moi te dire encore beaucoup de choses !

Non, non, ça va comme ça !...Lâchez ma main !

Un peu d'argent, s'il te plaît !... Sinon, grand malheur, je te dis ! ... Sinon, bijoux partis !...

Moi aussi parti !...Fini !... Terminée, bonne aventure.

Voilà, au revoir, et soignez bien ce petit ange !...Mais si j'ai un conseil à vous donner, c'est d'aller vous établir ailleurs que sur ce terrain rempli de détritus...C'est très malsain, et...

Parce que monsieur imagine que cet endroit, c'est nous qui l'avons choisi !...Monsieur se figure que ça nous plaît de vivre parmi les ordures !...

C'est-à-dire que...

Tais-toi, Matéo, laisse-moi parler à ce gadjo ...

Un gadjo ? ...Moi ?...

C'est ainsi que nous appelons ceux qui ne sont pas Tziganes...Voilà: nous sommes arrivés ici, hier, avec un homme malade et la police nous a permis de camper, mais uniquement à cet endroit.

Ah ! c'est comme ça !...

Eh bien ! mille sabords ! vous allez vous installer autre part, c'est moi qui vous le dis !... Il y a une belle pâture près du château, au bord d'une petite rivière : vous pouvez y venir quand vous voulez ... Entendu ?...

Obliger des êtres humains à vivre dans un pareil dépotoir: c'est révoltant !

Vous avez bien fait de les inviter.

BOUM

La Castafiore ?!?.. Demain ?!? ...Ici ?!?...C'est une plaisanterie ?!?...

Lisez vous-même...

Mon jeune ami, il y a bien longtemps déjà que... *blablabla*... un séjour dans votre pays...*blablabla*... fuir les journalistes... *blablabla*... Puis-je, en toute simplicité (tu parles !)... m'inviter au château de Moulinsart ?...*blablabla*...J'arriverai le 17 ...Mille millions de mille sabords !

La Castafiore ici !!!... Cataclysme! ...Catastrophe !...Calamité !...

Euh... Il y a un gentil petit post-scriptum pour vous...

Mille amitiés au capitaine Bartock.

Haddock, madame Castafiole !... Haddock, mille tonnerres !...

NESTOR!

Oui, monsieur.

Nestor, mes bagages, tout de suite !...Il faut que je sois parti dans une heure !

Euh...Bien, monsieur...

Non, mon cher, inutile d'insister : je lève l'ancre.

BOUM

Euh...C'est, c'est cette marche, monsieur...

Mais enfin, tonnerre de Brest! vous le savez qu'elle est cassée, cette marche !... Je me tue à vous le chanter sur tous les tons !...

DONG

Euh...Oui, monsieur. On a sonné, monsieur.

Laissez. J'ouvrirai moi-même. Occupez-vous de mes bagages.

Dommage qu'il s'en aille : la Castafiore et lui, ça aurait fait des étincelles !...

MRRAW

Un télégramme pour vous, Tintin. Qui sait ? c'est peut-être Bianca Catastrophe qui a un empêchement...

Eh bien ?...

C'est d'elle, précisément !

Cette marche, tonnerre de Brest! ...Cette satanée marche!...Ah! si je tenais ce cornichon de marbrier!...

Rien de cassé, au moins?

Non, heureusement! Mais j'aurais tout aussi bien pu me faire une entorse!

AOUH!

Une solide entorse, mon ami!...Avec déchirures ligamentaires.

?

Je reviendrai demain vous mettre un plâtre.

Un plâtre?!?...Pour une entorse?!?...Mais, docteur, je pars aujourd'hui même pour l'Italie!...

Pas question!...Plâtre et repos absolu pendant quinze jours! ...Et estimez-vous encore heureux de ne pas vous être cassé une jambe!

Et d'ailleurs, un bon conseil: faites réparer cette marche, d'autres pourraient avoir moins de chance que vous...Au revoir!

Au revoir, docteur!

Parce que j'ai de la chance, moi!...Ha!ha!

COUCOU !

Bonjour, capitaine Kappock!...Ah! je suis ravie de vous revoir!...

Co...Comment êtes-vous en-trée?

Mais, Madonna! que vous est-il donc arrivé?

Une entorse...Mais comment êtes-vous entrée?

Juste au moment où nous arrivions, Tintin reconduisait un monsieur; nous n'avons pas eu besoin de sonner.

Comment, "nous"? ...Vous êtes plusieurs?...

Hé! oui, bien sûr!...Irma, mon habilleuse, voyage toujours avec moi...

...ainsi que mon accompagnateur, Igor Wagner, qui, forcément, m'accompagne toujours...Hu!Hu!Hu!

Permettez-moi, madame, de vous présenter notre vieil ami le pro-fesseur Tour- nesol.

Oh! je suis ravie, absolument ravie de rencontrer le célèbre sportif qui a fait de si magnifiques ascensions en ballon!...

Mes hommages, madame...Je suis particulièrement heureux de faire la connaissance d'une grande artiste, d'une artiste incomparable, d'une artiste qui...

Professeur, vous me faites rougir!

Je l'espère de tout cœur, madame. Tintin m'a souvent parlé de vos tableaux, où la grâce des lignes s'allie à la hardiesse des coloris. Il paraît que vos portraits surtout sont d'une ressemblance tout à fait étonnante...

Nestor, veuillez conduire madame à sa chambre.

Bien, monsieur.

Très volontiers...Mais avant tout... Euh...Irma, où est le...euh...la petite chose pour le capitaine Koddack?

Dans le taxi, madame. Je vais le chercher.

J'ai pensé...euh...Je me suis dit qu'un vieux loup de mer comme vous devait se sentir bien seul dans sa barquette...Si, si...

Euh...c'est très gen-til à vous, mais...

Alors, j'ai songé à vous offrir ...euh...

Voici, madame.

...ce perroquet des Îles, qui sera pour vous le plus fidèle des compagnons.

Je...Quelle surprise!...Quelle...euh...char-mante surprise!...Euh...Rien ne pouvait me faire davantage plaisir!...

J'en étais sûre!

Voilà, Irma, mettez-le sur son perchoir.

Bien, madame.

Moi, je ne suppor-te pas ces bêtes qui parlent!

Ils ont déchargé ses bagages. C'est donc ici qu'elle s'installe...Au travail, Gino!...

Il s'appelle Coco : un nom typiquement italien... Et il est si affectueux... N'est-ce pas que tu l'aimes déjà, ce bon capitaine Mastock ?...

Caressez-le, capitaine, n'ayez pas peur : il ne ferait pas de mal à une mouche.

KILIKILIKILI !

C'est merveilleux !... Il vous a déjà adopté !... Ah ! les animaux ont un instinct qui ne les trompe pas : ils s'attachent immédiatement à ceux qui les aiment !

Ah ! vous croyez ?...

CRÔ !

AOUWWW !

Mille millions de mille milliards de mille sabords !... Espèce de cannibale ! ... Bachi-bouzouk !... Ravachol !...

Allô-ô-ô, j'écou-ou-te...

De grâce, capitaine Kosack, pas de gros mots !... Ce pauvre chou serait capable de les répéter !... Montrez-moi votre doigt...

CRÔ !

Ce n'est rien... un petit bobo de rien du tout !... Irmâââ !... La trousse de secours, je vous prie.

Voici la trousse, madame... et... ceci...

Oh ! c'est vrai, j'oubliais !... Mon cher ami Tintin, permettez-moi de vous offrir ce petit présent ...

?

Voilà qui est fait !... Une jolie petite poupée pour consoler le pauvre marin...

L'air des Bijoux !

Je vous remercie infiniment, madame. C'est vraiment gentil d'avoir songé à moi.

Du tout, du tout... J'ai pensé que cela vous rappellerait notre première rencontre en Syldavie... Vous vous souvenez ?...

Comment donc !... C'est là, en effet, que je vous ai entendue chanter pour la première fois l'air des Bijoux, du "Faust" de Gounod.

Ah ! oui, cet air des Bijoux, qui...

CIEL !... MES BIJOUX !

Ici, madame !.... Ici !....C'est moi qui ai la mallette.

Mon Dieu ! c'est vrai ! ...Ah ! je respire !....

Bon !.... Eh bien ! mon ami, si vous voulez me montrer ma chambre....

Quand madame voudra...

Ah ! j'oubliais...Je serai probablement relancée jusqu'ici par les journalistes. Alors, puis-je vous demander un grand service ?... Pas d'interviews, pas de reportages, pas de photos : rien !...Je suis arrivée chez vous incognito et je désire le rester.

Entendu, madame...

Je me permets de signaler à madame que la quatrième marche est brisée.

Je vois, mon ami, je vois.

C'est ici, madame.

Ravissant !

Comme ils ont du charme, ces vieux meubles !....ce lit à baldaquin...de style...euh... c'est de l'Henri XV, n'est-ce pas ?

Louis XIII, madame.

C'est ce que je voulais dire, naturellement !

DONG

Que madame veuille bien m'excuser : on a sonné.

Faites, mon ami.

Encore du monde, sapristi !

M...malheur ! la marche !....

Ça, c'est ce qui s'appelle redresser la situation !

!

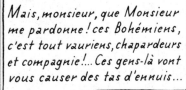

Je vous installe le téléphone ici, capitaine. De cette façon, vous...

Merci, Tintin, vous êtes gentil.

Monsieur... il y a là... dehors... toute une caravane de Bohémiens!... Ils disent que Monsieur leur a dit de venir s'installer près du château...

C'est exact, Nestor. Voulez-vous les mener jusqu'à la pâture, le long du ruisseau?

Mais, monsieur, que Monsieur me pardonne! ces Bohémiens, c'est tout vauriens, chapardeurs et compagnie!... Ces gens-là vont vous causer des tas d'ennuis...

Des ennuis!!!

Comme s'il pouvait encore m'arriver des ennuis!... Allez, Nestor, occupez-vous d'eux.

Mais... Je... euh... Bien, monsieur...

Voulez-vous que j'y aille moi-même, capitaine?... Le pauvre Nestor a déjà tant de travail dans la maison!

D'accord.

Inviter des Romanichels chez soi!!...

C'est de la folie!... Je dis que c'est de la folie!... À croire que monsieur est tombé sur la tête!...

BOUM

Mille sabords! la marche!... Il n'y en a donc pas un qui fera attention!

TRRING

Allo?... Oui, moi-même... Qui ça?... La gendarmerie!... Comment?!?...

Voilà, capitaine : mes hommes me signalent que les nomades qui campaient à proximité de la grand-route ont déménagé... Il paraît que vous les auriez invités à s'installer chez vous... Vous dites ?...

C'est exact, commandant. Je trouve inadmissible qu'on n'autorise ces braves gens à camper qu'au milieu d'une montagne d'immondices. Et comme j'ai ici une pâture qui...

Allô-ô-ô-ô, j'écou-ou-te...

Vous écoutez ?... Mais moi aussi j'écoute... Allo ?... Euh... Enfin, puisque vous m'écoutez, je vous dirai que je comprends votre initiative, capitaine. Elle part certainement d'un bon sentiment, mais, quant à moi... Comment, silence !?...

Non, non, ce n'est pas à vous que je parle !... C'est à ce perroquet qui... Vas-tu te taire, oui ou non, espèce de...

Allô-ô-ô-ô, j'écou-ou-te !...

C'est toujours à votre perroquet que vous parlez ?... Ah ! bon... Euh... Pour en revenir à ces nomades, vous ferez comme il vous plaira. Moi, je vous aurai mis en garde. Il ne faudra vous en prendre qu'à vous-même s'ils vous amènent des ennuis.

J'ai été mordu par une petite sauvage... Puis par un perroquet... Je me suis fait une entorse... La Castafiore est arrivée avec son Irma et son espèce de Beethoven... Et on me dit que je vais avoir des ennuis !... Ha ! ha ! ha ! des ennuis !...

Pendant ce temps...

Mission remplie : les voilà casés.

Je les déteste, ces gadgé !... Ils font semblant de nous aider, et dans le fond de leur cœur, ils nous méprisent...

Pas ceux-ci, Matéo, pas ceux-ci !

GRRR ! WOUAH ! WOUAH ! GRRR !

Allons bon ! qu'est-ce que Milou a encore flairé comme gibier ?

WOUAH ! WOUAH ! GRRR ! GRRR !

Milou !... Ici, Milou !

?

WOUAH !

Halte ! Arrêtez ! Qui êtes-vous ?...

WOUAH !

La brèche !... Ils passent par la brèche du mur !...

Wouah !

Une auto !

Wouah !

BROMMM

!

Qu'est-ce que cela signifie ?... Et que faire ?... En parler au capitaine ?... Non, il vaut mieux pas... Le pauvre a déjà assez de soucis comme ça !...

TRRRING

Allo ?... Allo ?... Allo ?... J'écoute ?... Allo ?...

?

Trrring ! Trrring ! Trrring !

KRRTCHMVRTZ !

Ciel ! mes bijoux !

...et mes bijoux, Irma, je les enferme dans ce tiroir...

...et la clef de ce tiroir, je la cache dans le vase qui se trouve sur ce meuble. Faites un effort pour vous en souvenir, ma fille !

Oui, madame.

Et voilà, capitaine, nos Romanichels sont installés, et enchantés de leur nouveau campement.

Ah ! J'en suis heureux.

Allô-ô-ô-ô, j'écou-ou-te !...

Ce perroquet !... Il finira par me rendre fou !... Heureusement, c'est bientôt l'heure d'aller dormir : comme ça, au moins, j'en serai débarrassé pour toute la nuit.

Wouitch

Et cette nuit-là...

AH ! JE RI-I-I-IS

HI-I-I-I-I !

Ah! Madonna!... Madonna!...

Que se passe-t-il?

Là!... Dans ma chambre!... À la fenêtre!... Un monstre!...

Un monstre?

Mais il n'y a rien, madame, absolument rien!

Et pourtant, j'ai vu un monstre, je vous dis!... Un fantôme, je ne sais pas, moi! ...J'ai entendu un long cri lugubre et j'ai vu deux yeux qui brillaient comme... comme des diam...

CIEL! MES BIJOUX!... IRMÂÂÂ! MES BIJOUX?!?

Non, non, madame: ils sont à leur place.

WOU-OUH-OUH

Mon Dieu! ce cri!...

C'est celui du monstre, écoutez... Écoutez!...

Ça?... Mais c'est un oiseau de nuit, chouette ou hibou, tout simplement.

Vous êtes sûr? Et ces pas au plafond?...

Des pas au plafond?

Oui, j'ai entendu marcher à l'étage supérieur... Les pas d'un homme, sans aucun doute!

Impossible, madame, ici au-dessus, c'est le grenier, et personne n'habite là.

Et pourtant, je vous assure que...

Soyez sans crainte, madame. Rendormez-vous paisiblement... Et fermez votre fenêtre pour être tout à fait tranquille.

Le lendemain matin...

Allons quand même jeter un coup d'œil sous les fenêtres de madame Castafiore.

Voilà, c'est ici.

Tiens, tiens, tiens...

Des empreintes de pas !... Juste sous ses fenêtres !... Toute son histoire serait quand même vraie ?...

Ce lierre ?...

Non, il ne supporterait pas le poids d'un homme... D'un enfant, peut-être ?... Mais, même alors, il y aurait des traces d'escalade... Et puis, d'ailleurs, ces empreintes sont certainement celles d'un adulte...

Mais de quel adulte ?... Voilà le hic !... Quelqu'un du château ?... Un des deux mystérieux bonshommes que j'ai aperçus hier ?... Un Romanichel ?...

Viens, Milou. Nous allons faire un tour du côté des Bohémiens.

S'il y a des traces, c'est dans la boue qu'on les verra le mieux : donc à l'endroit où ils abreuvent leurs chevaux.

Non, rien qui ressemble à celles de tout à l'heure...

PLOUF

?!

WOUAH! WOUAH!

 ? ? ?

Allons-nous-en, Milou. Ce n'est pas en restant ici que nous saurons qui nous a fait cette farce.

Le voilà parti !... Hé ! hé ! il n'a pas demandé son reste, ce petit morveux !... Je n'aime pas du tout ces façons de venir rôder autour de nous...

Tiens ! tiens !... C'est ce type-là qui a lancé une pierre dans l'eau... Mais pourquoi ?

De toute manière, ne nous voilà guère avancés... Viens, Milou, nous rentrons.

Ça, c'est le docteur qui s'en va : il sera venu pour le plâtre du capitaine... Mais à qui, diable ! est cette autre voiture ?...

Nous allons voir...

Ah! tiens! bonjour, monsieur Lampion!

Allô-ô-ô-ô, j'écou-ou-te.

Salut, galopin!

Je passais par ici : un client à voir dans les environs. Alors, je me suis dit: "Séraphin, c'est l'occasion de serrer la pince à ce vieux pirate!..." Et voilà comment je le trouve, ce satané farceur! Excellent, le coup de la marche! ...Tordant!... Ha! ha! ha! ha!

En tout cas, j'ai bien fait de venir! Une vraie providence, ce brave Séraphin Lampion!...Car madame, là, me racontait ce qui s'était passé cette nuit!... Et savez-vous ce que j'apprends? ...Non?...Alors tenez-vous à la rampe...

Eh bien, ses bijoux, ses fameux bijoux, ne sont même pas assurés! Qu'est-ce que vous pensez de ça?...C'est plus fort que midable, pas vrai!...

Et il y en a pour des millions, paraît-il. Il y a là-dedans une chose...une émeraude, qui lui a été offerte, aux Indes, par un truc...euh... un marachinchouette...

Un maharadjah...Le maharadjah de Gopal...

C'est ça!...et ce bazar-là vaut à lui seul une fortune!...C'est fou ce que ça rapporte, chanter!...Hein! on ne croirait pas? ...Notez que je ne suis pas contre la musique, mais franchement, là, dans la journée, je préfère un bon demi.

Bref, ces bijoux ne sont pas assurés!... Alors, j'ai dit à madame: "Faites-moi une liste de toute votre quincaillerie...et Séraphin Lampion vous assurera ça aux petits oignons."

Je... je réfléchirai, monsieur Lanter-ne.

Taratata!...C'est tout réfléchi!... Je reviendrai dans quelques jours avec un projet de contrat! ...Allons, au revoir, duchesse!...Au plaisir!

...Et toi, vieille noix, si j'étais à ta place, je ferais réparer cette marche au plus vite.

Figurez-vous que j'y ai songé...et que j'attends le marbrier.

DONG

D'ailleurs, c'est probablement lui qui sonne.

Haddack, c'est ici ?...

Haddock!...Oui, c'est ici... C'est pour quoi ?

MENAGEMENTS CRACQ Fᴿᴱˢ

V 12277-7

Nous venons livrer le piano.

Le piano ?

Le piano ??...

Le piano ???

Ah! oui, le piano!... C'est moi qui ai commandé un piano de location, pour répéter avec monsieur Wagner. J'espère que cela ne vous dérangera pas...

Pas le moins du monde!... Au contraire!...

Eh bien! dans ce cas, si on le mettait ici ?... Ça vous fera une petite distraction.

Je...euh...merci, mais la salle de marine conviendra mieux! Vous y serez plus à l'aise...

Très bien!... Monsieur Wagner, voulez-vous vous en occuper ?...

Volontiers, signora.

Un piano! mille sabords!... Pourquoi pas un juke-box ?!

C'est pour vous, ce piano qui vient d'arriver ?

Oui, oui.

Excusez-moi, mais votre lacet est dénoué...

Tiens! oui. Merci.

!

TRRRING

Ah! Ce perroquet!

TRRRING

Allo, oui ?...C'est moi-même...L'hebdomadaire "Paris-Flash" ?... Pardon ?... Comment ?... Une interview ?... Je... euh... je suis très flatté...Volontiers...

Allô-ô-ô-ô, j'écou-ou-te!

Aaah! une interview de madame Castafiore !!... Je...heu...je suis désolé, monsieur, mais madame Castafiore m'a chargé de...

Permettez ?...Allô-ô-ô, j'écou-ou-te ?... "Paris-Flash" ?...

?

Oui, c'est moi-même...Oui...Une interview ?... Mais très volontiers... Avec joie. Quand vous voulez...Demain ?...Mais c'est parfait!... C'est cela... À demain... Ciao!...

Ainsi donc, c'étaient les traces du petit pianiste... Bizarre, ça!...Bizar-re!...

Ah! ces journalistes : quelle engeance !... Impossible de les éviter !... Enfin, que voulez-vous, c'est la rançon de la gloire !...

Mais, vous m'aviez pourtant dit : pas d'interviews, rien...

Oui, mais "Paris-Flash", c'est "Paris-Flash", vous comprenez! Ce n'est pas comme les gens du "Tempo di Roma"... Ces goujats m'ont un jour manqué de respect, et plus jamais je ne les recevrai...

Et maintenant, je vais répéter avec Wagner... À tout à l'heure !... Je mets Coco à côté de vous...

Eh bien! ça promet d'être gai!

TRRRING
TRRRING

Allo, j'écoute...

Allô-ô-ô-ô, j'écou-ou-te!

Non, madame, ce n'est pas la boucherie Sanzot ...Non, madame, vous avez formé un faux numéro...

TRRRING!
TRRRING!
TRRRING!

Vas-tu la boucler, oui ou non, espèce de vieille perruche bavarde !...

Allô-ô-ô-ô, j'écou-ou-te!

Inutile de crier comme ça, monsieur !... Ni surtout de m'insulter. Tout le monde peut se tromper, non ?... Vous êtes un mufle, monsieur!

Mais je ne vous insulte pas, espèce de catachrèse! ...Je parlais à un perroquet qui... Allo?... Allo?...

Mille milliards de mille sabords! je ne sais ce qui me retient de...

POC

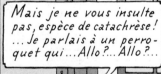

Ce perroquet!... Noyez-le, Tintin!... Empaillez-le!... Ou je fais un malheur!

Tintin, au nom du ciel! faites quelque chose pour moi!... Commandez-moi une de ces petites voitures pour invalides, que je puisse au moins sortir me promener. Sinon je sens que je vais devenir complètement fou!...

D'accord.

Zut! elle fait des vocalises, à présent! Il faut attendre...

Le lendemain matin.

Oui, je sais... Il ne faut pas m'en vouloir... J'ai dû terminer une pierre tombale: c'était urgent... Comment?... Oui, chez vous aussi, c'est urgent, je sais... Écoutez, je serai là demain matin, à la toute première heure... Oui, sans aucune faute...

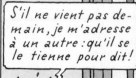
S'il ne vient pas demain, je m'adresse à un autre: qu'il se le tienne pour dit!

Capitaine!... Capitaine!...

Voici votre nouvelle voiture de course!

HA HA HA

A nous la liberté!

Wouah! Wouah!

HA HA HA HA HA HA

Ah! enfin le silence!... Et voilà ce cher Tournesol qui taille ses rosiers...

Pendant ce temps...

Ah! "Paris-Flash"!... Entrez, messieurs, je vais prévenir madame Castafiore.

Bonjour, mon cher Tryphon. Déjà au travail, ce matin...

Très bien, merci. Et vous-même?... Ce petit bobo?...

Bah! on s'y fait... Et puis, il suffit de se dire qu'on aurait pu se casser une jambe... Pas vrai?...

Frais?... A l'ombre, peut-être, mais au soleil, il fait déjà chaud.

Figurez-vous, mon cher ami -mais ceci strictement entre nous- que je suis parvenu à créer une nouvelle variété de roses.

Bravo!... Magnifique!... Ça vaut mieux que de chercher à faire sauter la planète...

Non, blanches!... Mais alors, d'un blanc idéal, éclatant, immaculé!... Et leur forme!... Parfaite!... Et quel parfum!... Exquis!...

Eh bien! professeur, toutes mes félicitations!

AÏE!

Ah! ah! leur nom?... C'est là que je vous attendais!...

Qui a crié ?...Qu'est-ce que c'est ?...

Eh bien ! j'ai eu -je crois pouvoir le dire- une idée de génie...

Halte !... Arrêtez !... Qui êtes-vous ?...

Imbécile ! tu avais bien besoin de mettre le pied sur un nid de guêpes !

La rose que j'ai créée est blanche, je vous l'ai signalé. Or, comment dit-on "blanche" en italien ?...

Bianca, tout bonnement... Bianca !... Vous avez saisi ?...

Bianca !...Bianca !...Qu'est-ce que c'était que ces zèbres qui ont détalé comme des lapins ?...

Mais oui, Bianca, comme notre charmante invitée...Cette rose s'appellera "Bianca Castafiore"... Délicate attention, ne trouvez-vous pas, capitaine ?...

Je me demande ce qu'ils fichaient là, ces gaillards ?

Surtout, n'en faites rien !...Je vous en prie ! ...Pas un mot !...Pas une allusion !...C'est une surprise que je veux lui faire...

Quoi ?...Comment ?...Quelle surprise ?...A qui ?...

C'est entendu, n'est-ce pas ?... Je compte sur votre discrétion. Tout ceci doit rester strictement entre nous !

Des inconnus dans le parc !...Qu'est-ce que cela signifie ?...

Tiens, qui est là, sur ce banc ?...Ah ! je vois, c'est...

IRMAAA!

?

IRMAAA!

Oui, madame.

Où êtes-vous, Irmaaa ?

Ici, madame, j'arrive.

Sauve qui peut !

Vous n'avez pas vu le capitaine Hammock ? Il faut absolument que je le trouve...

!

Si vous le voyez, dites-lui que ces messieurs de "Paris-Flash" ont terminé leur interview et qu'ils seraient heureux de pouvoir le saluer.

Bien, madame.

Catastrophe!...Ils viennent de ce côté, mille sabords! ...Je suis fait comme un rat!...

Vous savez, c'est le vieux loup de mer, un peu bourru au premier abord, mais...

...qui cache sous cette rude écorce une âme simple de grand enfant un peu naïf...

Madonna!...Le voilà!...Endormi!... Et à l'ombre, encore bien!...

Rrrr... Rrrr...

Capitaine Kolback!...Oh! l'imprudent qui s'endort à l'ombre!...Vous serez bien avancé lorsque vous aurez attrapé un refroidissement!

Quoi?...Qui?... Oh! je dormais, je crois...

D'ailleurs, je vous ai apporté votre veston. Il fait frais ce matin... Si, si, si.

Mais je n'ai pas froid, moi!

Et puis, il faut que je vous gronde encore!...Un chandail, ce n'est pas une tenue pour un homme de votre âge, voyons!

Mais...

C'est comme vos cheveux!... Quand donc apprendrez-vous à vous coiffer convenablement, au lieu d'essayer de singer la nouvelle vague?

Mais...

Permettez-moi de vous présenter Jean-Loup de la Batellerie, et le photographe Walter Rizotto, de "Paris-Flash.

Enchanté.

Enchanté.

Eh bien! messieurs, maintenant que les présentations sont faites, je vous rends votre liberté. Promenez-vous sous les frondaisons du parc. Le capitaine Karbock et moi, nous vous attendrons pour le déjeuner.

Quant à nous, cher, si nous causions un peu?...

Dis donc, mon vieux, qu'en penses-tu?

La même chose que toi, Coco!... Ça ferait un papier sensass... Mais il faudrait qu'on soit sûrs...

De toute façon, mon coco, c'est un truc qui se vendrait !...

Moi, je verrais même ça en couverture !...

Oh ! là, un jardinier... Viens, nous allons essayer de lui tirer les vers du nez...

D'ac !...

Mais... Ce jardinier... C'est le professeur Tournesol !... Celui qui a été sur la Lune avec Tintin... Il doit être dans le secret, lui...

Certainement !

Bonjour, professeur !... Permettez-nous de nous présenter : Jean-Loup de la Batellerie et Walter Rizotto de "Paris-Flash"... Voici notre carte.

De la tarte ?!?

Oh ! des journalistes !... Ça y est : le capitaine n'a pas pu s'empêcher de bavarder !... Il a déjà alerté la presse au sujet de ma nouvelle rose !... Ah ! le coquin !...

Dites-moi, professeur, entre nous, n'y aurait-il pas anguille sous roche du côté de la Castafiore et du capitaine Haddock ?... Projet de mariage, par exemple ?... Hein ?...

C'est le capitaine qui vous a mis au courant, n'est-ce pas ? ...

Euh... Oui et non... Vous savez, nous autres, journalistes... Le flair, vous comprenez ?... Ainsi, c'est donc bien vrai ?...

Saperlipopette ! il avait pourtant promis de ne rien dire !... Cela devait être une surprise...

Oui, je comprends... Et c'est pour bientôt, le grand jour ?...

Tout dépend du temps... Mais je pense que d'ici trois bonnes semaines...

Ah ! ah ! c'est donc tout proche !... Et... y a-t-il longtemps que la chose est décidée ?... N'avez-vous pas une petite anecdote à ce sujet ?... Comment se sont-ils rencontrés, par exemple ?...

Précisément !... C'était il y a deux ans...

... en visitant les Floralies gantoises... Mais, chut ! la voilà, la Bianca, avec le capitaine... Plus un mot sur ce chapitre !

Compris !

Euh... le professeur nous parlait... euh... de ses roses !... Il faut avouer qu'elles sont superbes !

Ravissantes !... Je le disais justement au capitaine Karnack...

Pendant ce temps...

Je répète : Sarah... Oriane... Sémiramis...

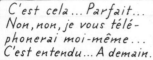

C'est cela... Parfait... Non, non, je vous téléphonerai moi-même... C'est entendu... A demain.

Ah! les fleurs, je les adore!... J'ai beau en avoir reçu par brassées, elles me causent toujours le même enchantement!

Chère madame, permettez-moi de vous offrir cette modeste "Crimson Glory"...euh...en attendant mieux! ...Je n'en dis pas plus...Hé! hé!

Oh! professeur!

Mmmmm! quel parfum suave!...

Sentez, capitaine, respirez à fond... N'est-ce pas que c'est exquis?

AOOH!

Mille millions de mille sabords! une guêpe!... Elle m'a piqué !...

Mon pauvre ami, comment avez-vous fait votre compte?... Et pourquoi crier si fort?... Vous m'avez effrayée!... Attendez, je vais vous arranger ça ...D'abord, enlever l'aiguillon... Là-à-à... Ensuite, appliquer sur la piqûre des pétales de roses froissés...

Là-à-à...Ça va déjà mieux, n'est-ce pas?...

Maintenant, messieurs. Je vous laisse. Je vais me préparer pour le déjeuner...Ciao!

Trala laaa ♪ ♫ ♪

Vous cherchez le capitaine Hoklock, sans doute?... Vous le trouverez à la roseraie. Le pauvre, il a été piqué au nez par une guêpe!

Oh!

Une piqûre de guêpe sur le nez!... Le pauvre!...Ça doit être horriblement gênant...

HI-I-IÎII-I! MON COLLIER! ! !

IRMA-A-A!
IRMA-A-A! Oui, madame.

Ah! c'est vous!...Voyez l'affreux malheur qui m'arrive : mon collier vient de se casser...!...

Ne vous désespérez pas, madame! Les perles n'ont pu rouler loin ; nous les retrouverons toutes.

Vous voilà enfin, ma fille!...Il y a un quart d'heure que je vous appelle!...Vous auriez pu aider mon...sieur à ramasser mes perles.

Je vous remercie infiniment, mon jeune ami. Ce n'est pas que ce collier-ci ait une grande valeur : ce n'est qu'un bijou de fantaisie. Mais il est de Tristan Bior...Et Tristan Bior, on dira ce qu'on veut, c'est toujours Tristan Bior!

Euh...Évidemment!

Et maintenant, allons voir comment va le nez du pauvre ca-...pitaine.

Sans vouloir vous faire de reproches, capitaine, pourquoi leur avez-vous parlé de ma rose?

Quoi, votre rose?...

Votre rose!...Allez-vous bientôt me laisser tranquille avec votre rose?...Si on ne m'en avait pas fourré une sous le nez, mille sabords! je n'aurais pas en ce moment un pif comme un feu rouge!

Pardon, blanche!

Excusez-moi, madame, n'auriez-vous pas vu mes ciseaux de couture?...Vous savez, les petits ciseaux dorés que...

Qu'en aurais-je fait, ma fille?...Ce n'est pas à moi de veiller sur vos affaires!...

Sûrement pas, madame!...C'est curieux, je les avais encore tout à l'heure, quand vous m'avez appelée la première fois...Et revenue à mon banc, je ne les ai plus retrouvés.

Eh bien! cherchez mieux, ma fille! ...Ils ne se sont tout de même pas envolés, vos ciseaux, non?...

Bien sûr, madame!

Pendant ce temps-là...

Des petits ciseaux tout en or...N'est-ce pas qu'ils sont jolis, oncle Matéo?

Magnifiques, Miarka!

Trois jours ont passé...

Allo?... Je suis bien chez monsieur Boullu?... Ah! c'est madame Boullu!...

Oui... Ah! c'est le monsieur du château... Euh... non, il est parti depuis ce matin... Ah! il vous avait promis d'aller chez vous?... Ah? Non, je ne suis pas au courant... Je le lui dirai, monsieur... Oui, sans aucune faute, monsieur......

S'il n'est pas ici demain, tonnerre de Brest! j'en fais venir un autre !...

TRRING

?

Allo! c'est toi, vieux flibustier?... Ici, Séraphin!... Toutes mes félicitations, mon cher! ... Sacré farceur, va! tu avais bien caché ton jeu!...

J'ai bien caché mon jeu??? ... Moi ??? ... Je ne comprends pas !... Que voulez-vous dire?...

Ha! ha! ha!... Toujours le même cachottier!... Allons! ça va! inutile de faire la bête!... Je tenais à être le premier à te congratuler!...

Mais...

Pour l'assurance, que ta Castagnette ne s'en fasse pas: j'ai dû partir en province ces jours-ci, mais je ne perds pas la chose de vue... Je viendrai un de ces quatre matins... Allons! vieux frère, à la revoyure!... Et encore une fois: proficiat!...

Je...

Qu'est-ce qu'il voulait, ce casse-pieds, avec ses félicita-tions?

Bah! n'y pensons plus... Une bonne pipe, maintenant, et les journaux...

DONG

Allons, bon!... Quoi encore?

Un télégramme pour vous, monsieur.

Un télégramme?...

Ah! ça, mille millions de mille sabords! qu'est-ce que ça signifie?...

Lisez ça et dites-moi si vous y comprenez quelque chose... Et ce casse-pieds de Lampion vient de me téléphoner pour me féliciter, lui aussi...

Ah?...

Sincères félicitations, signé Capitaine Chester...

N'est-ce pas que c'est bizarre?...

QUOI?

BROL

PARIS FLASH

EXCLUSIF

BIANCA CASTAFIORE LE ROSSIGNOL MILANAIS

VA ÉPOUSER UN VIEUX LOUP DE MER

C'est à Ghand, joyau des Ardennes belges, célèbre dans le monde entier pour ses champs de tulipes, que Bianca Castafiore a rencontré son futur mari, l'amiral en retraite Hadok. Nos reporters sont allés à Moulinserre et en ont rapporté pour vous ces images de bonheur.

UN JOUR A GHAND PARMI LES FLEURS...

Le perroquet qu'elle lui a offert est devenu le confident de ses pensées.

... Mélomane averti, il ne se lasse pas d'entendre la voix d'or chanter pour lui seul son grand succès : l'Air des Bijoux, de "Faust"....!!??!!!

Mille millions de mille sabords! si je tenais le bougre d'extrait d'hydrocarbure qui a pondu ces calembredaines!!...

Allô-ô-ô-ô, j'écou-oute... Allô-ô-ô-ô, j'écou-oute...

CROA

BROL

Buon giorno, Tintin! Buon giorno, cher capitaine Kornack!

Avez-vous vu le magnifique article que "Paris-Flash" m'a consacré?...

Vous appelez ça un magnifique article!... Annoncer ainsi notre mariage!...

Ah! oui, très drôle, n'est-ce pas?

Mais c'est sans aucune importance!...Les journaux m'ont déjà fiancée successivement au maharadjah de Gopal, au baron Halmaszout, chef du protocole à la Cour de Syldavie, au colonel Sponsz, au marquis di Gorgonzola, et j'en passe... Alors, vous comprenez, je suis habituée!

Eh bien! moi pas, madame!...Et je...

TRRRING

ALLO?

Ici, Dupond avec d et Dupont avec t... Nos veilleurs bœux de...euh... nos beilleurs mœux de...Enfin, en un mot, toutes nos félicitations, capitaine. Nous venons de lire "Paris-Flash" et...

KOUA KOUAKOUIN KOUINKOUA KOUEKOUAKOUIN KOUA KOUIN KOUA .... CLAC!

Le diable les emporte!

Tiens, c'est curieux: pas une ligne sur ma rose!...

Mais...mais... Ah! ça, par exemple!...Ça, par exemple!... Ça, par exemple!...

Cher ami!...Cher vieil ami, toutes mes félicitations!... Ah! quelle joie pour moi d'apprendre cette bonne nouvelle!... Mais pourquoi nous l'avoir cachée si longtemps?...

Quelques télégrammes, monsieur... Et que Monsieur me permette de lui adresser, moi aussi, mes respectueuses félicitations.

...Félicitations, Boucherie Sanzot...Toutes nos félicitations, Monsieur et Madame Boullu ...Sincères félicitations, Docteur Rotule... Mes plus enthousiastes félicitations, Oliveira da Figueira...Vives félicitations   ...

TRING

Allo?... Oui... Oui... La Télévision?... Un instant, monsieur.

C'est la Télévision, monsieur... Ils de-mandent si...

La Télévision, à présent!!!

Ah!non, qu'on me fiche la paix!... Je me refuse à faire le zouave devant leurs caméras!

Mais, monsieur...

Il n'y a pas de mais, ni de si... Les journalistes, moi, j'en ai par-dessus la tête!... Dites-leur carrement que je ne suis pas là!...

C'est que, monsieur, c'est à madame Castafiore qu'ils désirent parler...

A moi?... Vous ne pouviez pas le dire plus tôt, mon pauvre garçon?

Allô-ô-ô, j'écou-ou-te...C'est moi-même...La Télévision?... Oui...Mais oui, avec plaisir... Quand?...Demain?...Bien... Entendu...Oui... Oui...A demain...

Ils sont assommants!...Mais que voulez-vous?...Ils seront ici demain après-midi.

Je me demande par qui ces journalistes ont appris des choses que l'on me cache à moi!...

Oh!une aubade!...Quel-le idée charmante!...

Chère Madame, cher capitaine Haddock...

Chut !

Mais...

...c'est d'une main qu'une émotion légitime fait trembler que je prends la parole au nom de la Société "Les Amis de la Fanfare de Moulinsart" pour vous exprimer la joie de tous vos concitoyens à l'occasion du grand événement...

...dont auquel la presse internationale vient de se faire l'écho...

Il faudrait leur offrir une coupe de champagne.

Quoi ?...Du champagne ?...Jamais !

Quelques verres plus tard...

Et le lendemain après-midi...

Veuillez excuser notre retard, madame. Mais d'abord, en quittant la ville, nous avons été pris dans un embouteillage. Ensuite, nous avons perdu du temps à chercher la route et enfin, comble de malchance, nous sommes tombés en panne à quelques kilomètres d'ici...

Ah ! oui ?...Comme c'est amusant !

Tonnerre de tonnerre de Brest ! c'est une véritable invasion barbare !...

Oh ! pardon !...

La Télévision !...Gino, mon vieux, c'est le moment ou jamais !... Tu vas entrer, te mêler à tous ces gens...Et au boulot !

Moi, je t'attendrai dans la voiture, sur la route, là-bas...

O.K. !...Je prends mon matériel et je risque le paquet !...

Me voilà dans la place...

Avec ce projo-là, tu taperas au plafond.

Je vais vous expliquer ce que nous allons faire. Il s'agit d'une émission en différé...

Ah! très bien. Mais nous parlerons plus à l'aise sur ce divan...

Voilà. J'apparais à la première séquence et je dis quelques mots pour présenter l'émission. Ensuite, je vous pose une première question et les caméras se braquent sur vous. A partir de ce moment, on ne m'entendra plus que "off".

Ah!

A la fin de cette séquence, je vous demanderai si vous consentez à chanter quelque chose spécialement à l'intention de nos téléspectateurs.

Avec plaisir, naturellement!

Merci...Pour la seconde séquence, vous vous dirigez lentement vers le piano, où votre accompagnateur vous attend, et vous chantez...Que chanterez-vous, madame?

Euh...Mais...Je ne sais pas...L'Air des Bijoux, de "Faust", par exemple.

Parfait. Ensuite, eh bien! l'émission se terminera par quelques mots de remerciements.

Charmant!

Nous sommes prêts, André... Et toi?...

Moi aussi. Venez, nous allons faire une balance des voix. Et puis, on y va!

Le micro plus haut, Alfred: il est dans le champ.

Ne craignez rien, madame! Ce n'est qu'une cellule photoélectrique.

Bon...Ça y est pour la balance?...Silence!... Lancez le son!

Ça tourne!

Chers téléspectateurs, nous avons ce soir le grand privilège d'être reçus par la célèbre cantatrice Bianca Castafiore...Ça va comme ça?...

Jusqu'ici, tout marche comme sur des roulettes!...

Bon pour le son !

Euh...A mon tour ?... Eh bien ! je... Je suis, moi aussi, très heureuse de... euh...très heureuse... Enfin, je ne sais trop comment dire...Hu! Hu! Hu!

Bon pour le son !

Lancez le son !

Moteur !

Ça tourne !

Partez !

Bien ! Alors, à votre tour, madame, quelques mots, s'il vous plaît.

O.K.! On y va !...Et silence maintenant, les enfants !...

Chers téléspectateurs, nous avons ce soir le grand privilège d'être reçus par la célèbre cantatrice Bianca Castafiore, de la Scala de Milan, surnommée -à juste titre- le Rossignol milanais...

Dites-moi, chère madame, n'est-il pas indiscret de vous demander les raisons de votre présence à Moulinsart ?...

CLAC

Eh bien ! ma dernière tournée aux Indes (triomphale, d'ailleurs) m'avait épuisée... Et comme je savais que le capitaine Balzack et ses amis...

...m'accueilleraient toujours à bras ouverts, je n'ai pas eu le moindre scrupule à débarquer ici un beau matin!

Tiens ! vous avez fait installer la télévision ?... Trois appareils à la fois !!!... Et vous ne m'en avez rien dit !?!...

Chut !

Oh! mais...mais...mais c'est madame Castafiore, ça !...Si, si, je vous assure !...Ça, par exemple !...Mais il faut la prévenir tout de suite !...Tout de suite !...

Elle doit absolument voir ça, cette chère dame !... Absolument !...

Professeur ! professeur ! n'entrez pas là: on tourne !...

HIIIIII

Saperlipopette! qu'est-ce que c'est que toutes ces cachotteries, à la fin?... J'en... ai assez!...

On annonce un mariage, et je suis le dernier à l'apprendre!... On achète des appareils de télévision, et on ne m'en parle pas!... Ici, on tourne un film, et personne ne m'en dit rien!... C'est une conspiration!... On me cache tout dans cette maison!...

Et cette pauvre madame Castafiore qui passe à la télévision, et que personne ne songe à avertir!... C'est inimaginable!

Venez, professeur, venez: il y a un malentendu...

Venez, je vais vous expliquer!...

Piqué?!?... Je suis piqué, moi!?!... Non, mais...

Vous reprenez à partir de la dernière question... Moteur!... Partez!

Et peut-on vous demander, madame, si vous avez des projets?

Oui, une série de récitals aux États-Unis, où je passerai deux mois et où je suis attendue avec impatience.

Pauvres Amerloques!... Ils étaient si tranquilles avant Christophe Colomb!...

Puis en Amérique du Sud, où je me produirai dans les grandes capitales.

Voilà encore des régions qui vont être cruellement éprouvées!...

Et... Dites-moi, chère madame, quelles sont les œuvres que vous interpréterez là-bas, au cours de cette tournée qui, je n'en doute pas, sera glorieuse...

Oh! j'en suis sûre!... Eh bien! comme d'habitude, des œuvres de Rossini, de Puccini, de Verdi, de Gounid... pardon! de Gounod...

Ah! de Gounod?... N'est-ce pas dans un opéra de Gounod que vous avez connu vos succès les plus éclatants?

Oui, c'est dans le fameux Air des Bijoux de "Faust" que j'ai obtenu de véritables triomphes. On a dit que j'y étais divine...

Eh bien! chère madame, je suis certain que nos téléspectateurs seraient ravis de vous entendre interpréter pour eux cette œuvre...

Volontiers!

Alerte!... Aux abris!... Elle va chanter!...

Allô-ô-ô-ô, j'écou-ou-te!...

AAAAA!

?

Là!... Là, sur le canapé!...

Hé!...Ici!...Encore quelqu'un dans les pommes!

Il faut tout de suite téléphoner à la police!

Des sels!...Elle devrait respirer des sels!...

Quelle histoire!...

Ça devait arriver!... Beu-eu-euh!... Ça devait arriver!

Je dois vous signaler que votre photographe a profité de l'obscurité pour filer à toutes jambes!... Je l'ai vu qui...

Notre photographe?...Quoi? le photographe qui était ici tout à l'heure?... Mais il n'était pas avec nous...

Mais voyons, je croyais qu'il faisait partie de votre équipe.

Et moi, au contraire, j'ai pensé que c'était un photographe convoqué par madame Castafiore elle-même.

Allo?...La gendarmerie?...Ici, le capitaine Had...Pardon?...

Je dis : c'est une erreur, monsieur. Ici, c'est la boucherie Sanzot, monsieur... De rien, monsieur...

Allo?...C'est bien la gendarmerie de Moulinsart? ...Ah!...Ici, c'est le capitaine Haddock.

Bonjour, commandant... Pouvez-vous nous envoyer immédiatement quelqu'un?...Un vol important vient d'être commis au château...Comment, ça tombe bien???...

Vous dites?...Qui ça?...Non??? ...Ils étaient chez vous?...Ça, par exemple!...Et ils sont en route?... Ils vont arriver dans quelques instants?...Mais comment se fait-il que...Oui...Bon...Bien...Je les attends...Au revoir, commandant!

Çà, par exemple! qu'est-ce qu'ils fabriquaient à la gendarmerie de Moulinsart, ces bougres d'ostrogoths?...

C'est donc ce photographe qui aurait fait le coup... Bizarre, ça!... Bizarre!...

Moi, je n'aime pas quand tu as cet air sérieux!

Ah! vous voilà, moussaillon!...Eh bien! je vous laisse deviner de qui nous allons recevoir la vi-si-te.

Euh...

BOANG

GLING

DZING BING-GLING BLING

CLING

?

Allô-ô-ô-ô, j'écou-ou-te!...

!?

Une visite, disiez-vous?
...Les Dupondt, je parie!...

Vous avez gagné!

Mes pauvres, pauvres amis!... Que vous est-il arrivé?...

Je...euh...je dois avoir freiné un tout petit peu trop tard...

Je dirais même plus: tu dois avoir treiné un tout petit peu trop fard!

Vous n'êtes pas blessés, au moins?...

Non, non, rien... Ne parlons plus de ça!... Si vous nous voyez ici, c'est que nous avons été chargés d'une mission: veiller à la sécurité de madame Castafiore, qui est votre invitée, paraît-il, et de ses bijoux...

Aaah?...

Est-ce que, par hasard, vous n'auriez pas fait votre service militaire aux carabiniers d'Offenbach?...

Tiens, bonsoir, capitaine.

Aux carabiniers?..Non, au Génie...Pourquoi?...

Le capitaine veut dire que vous arrivez trop tard: on vient précisément de voler les bijoux de madame Castafiore.

Non?

Qui?

Ça, messieurs, c'est ce que l'enquête devra établir. Mais entrez donc, nous allons vous expliquer ce qui s'est passé.

Et quelques minutes plus tard...

Voilà toute l'affaire... Évidemment, tout semble accuser ce mystérieux photographe ...Et pourtant...

Pourtant quoi?..C'est le coup classique: un complice qui coupe le courant et...

Justement non!...
Le courant n'a pas été coupé: ce sont les fusibles qui ont fondu...

Fusibles coupés ou courant fondu, jeune homme, pour moi, c'est la même chose: l'obscurité s'est faite, et c'est exactement ce que volait le vouleur!

Possible...Mais il ne pouvait pas prévoir à quel moment les plombs sauteraient... et même s'ils sauteraient jamais...Ici, c'est le hasard seul qui a joué...

Hem!...

Je dirais même plus: hem!...

Bon...Eh bien! puisque vous tenez absolument à mettre les points sur les i, je suis curieux de savoir ce que vous allez répondre à la petite question que je vais vous poser à présent, moi!...

Vous dites que ce sont les flombs qui ont pondu...Soit!...Mais, l'avez-vous constaté vous-même ?...

C'est-à-dire que c'est Nestor qui me l'a dit lorsqu'il est remonté de la cave...

Nestor ?... Le domestique ?...Hé!hé!

Hé!hé!

Le Nestor qui a été au service des frères Loiseau... Hé!Hé!... Belle référence !...(1)

Vous savez bien qu'à l'époque, l'enquête a démontré qu'il avait toujours tout ignoré de l'activité de ces forbans !... Et d'ailleurs...

Et d'ailleurs, mille sabords!Nestor est un honnête homme et je vous interdis de le soupçonner !

Bon, bon, nous verrons ça ... En attendant, nous voudrions procéder aux interrogatoires d'usage.

Bien, voulez-vous me suivre ?

Faites bien attention aux fils, messieurs.

Vu.   Compris.

Les inspecteurs de police Dupont et Dupond.

Que personne ne sorte !...

Et voici madame Castafiore. Je vois qu'elle a repris connaissance.

C'est vous la chanteuse, madame ? Enchanté !

Enchanté !

Bonsoir...

Madame, nous sommes ici pour faire la lumière, toute la lumière sur le vol dont vous venez d'être la victime...

Je dirais même plus...Euh...

Je vous écoute, messieurs.

Pour plus de clarté, madame, voulez-vous me dire où se trouvaient vos bougies ...euh ... pardon !...vos bijoux ?...

Dans ma chambre, au premier étage, enfermés dans un secrétaire...Mes bijoux ! ...Mes beaux bijoux !...

Nous les retrouverons, madame. Morts ou vifs, mais nous les retrouverons !... Soyez-en assurée !... Et, à propos, je suppose qu'ils l'étaient aussi, assurés, naturellement !...

Hélas ! non !...

Monsieur Lampadaire m'avait promis de venir avec sa police, mais...

Sa police ?...Sa police ?... Quelle police ?... Il a une police privée, cet individu ?? ...Dans ce cas, madame...

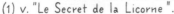

(1) v. "Le Secret de la Licorne".

38

Non, non, messieurs, il s'agit, bien entendu, d'une police d'assurance.

Ah! bon, ça change tout... Parce que...

Oui, parce que...

Ainsi donc, vos bijoux étaient enfermés dans un secrétaire... Bon... Fermé à clé, ce secrétaire?

Oui, et cette clé était cachée dans un vase. C'est là que je l'ai prise toute à l'heure lorsque j'ai retiré la mallette du secrétaire.

La mallette?... De quelle mallette parlez-vous, madame?...

Eh bien! de la mallette qui contenait mes bijoux et que j'ai...

Mais... Madonna!... J'y pense... Mais oui!...

Je me suis assise ici et...

Là!... Là!... Qu'est-ce que je vous disais!!!...

Les voilà, mes bijoux! Et ils y sont bien tous?... Mais oui... Ah! que je suis heureuse, que je suis heureu-se!...

C'est fou ce que je suis distraite!... J'avais complètement oublié que j'étais descendue avec ma mallette lorsque ces messieurs de la Télévision étaient arrivés. C'est trop drôle!... Ha! Ha! Ha! Vous devez bien rire, n'est-ce pas, messieurs.

Rire, madame?... Nous, madame??... Vous voulez rire, madame!!!... Nous vous saluons, madame!...

Je rirais même plus, madame!...

Mais qu'est-ce qu'il y a? Qu'est-ce que je leur ai fait?... Pourquoi sont-ils fâchés??...

Ici, messieurs, vos vrais chapeaux!... Et attention aux fils!...

Ça va!... Merci!... Vous nous l'avez déjà dit... Nous ne sommes plus des enfants!

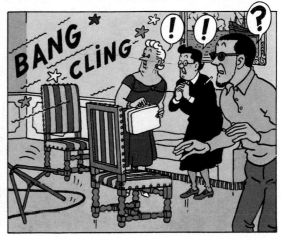

BANG CLING !!! !!! ?

Je vous avais pourtant bien dit de faire attention...

Aux fils, oui!... Mais ceci, ce sont des câbles!...

C'est tout différent!...

Voilà réglée l'histoire des bijoux... N'empêche que la fuite de ce photographe continue à m'intriguer...

Oui, mais à part ça, tout est bien qui finit bien!

AH! JE RIS ♪♫ DE ME VOIR ♪♪♪♪ SI BELLE ♫ EN CE MIROIR... ♪

Justement, capitaine, TOUT n'est pas fini!...

Je vais faire quelques pas dehors avec Milou: il a besoin de prendre l'air. Je ne serai pas long.

WOUAH! WOUAH!

Bon, ça va, moussaillon! Moi, je reste sur le pont!

Quelle soirée magnifique!...

?

On dirait... Mais oui, c'est de la guitare... Oh! c'est sûrement chez les Tziganes...

Quelle nostalgie, dans cette musique!...

Hélas! Milou, il faut rentrer! Viens!

Quel silence dans ces bois!... Pas un bruit... Pas une feuille qui remue... Rien...

WOU-OUH

WOUAH!

WOUH-OUH

Une chouette!... Mon Dieu! ce qu'elle m'a effrayé!...

Allons, Milou, à la maison!

Une semaine a passé...

Oui...Oui, je sais...C'est-à-dire ...Oui, à cause d'un mariage... euh...la fille de ma belle-sœur ...Oui...Écoutez, monsieur, je serai sur place demain matin ...Si, si, sans aucune faute... Oui, oui, c'est promis, monsieur...C'est ça... A demain...

Toi, mon bonhomme, si tu n'es pas là demain, je... je ne sais pas encore ce que je ferai, mille sabords! mais ça ne se passera pas comme ça!

CLAC

Ah! non! ça ne se passera pas comme ça!... Ah! non! c'est moi qui vous le dis!

!

Je les traînerai devant les tribunaux!... Je les ferai condamner!... Se moquer ainsi d'une faible femme!...

Attention!... La marche!...

Je sais!... Voyez ceci!... C'est une honte!... C'est un scandale!... C'est une infamie!... Ah! mais, ça ne se passera pas comme ça, je vous le jure!... Mais regardez donc!

TEMPO DI ROMA

LA DIVA E IL PAPPAGALLO
In questo numero alle pagg. 8-9-10

Mais qu'y a-t-il qui vous fâche?...Elle n'est pas mal du tout, cette photo!...

Pas mal!...Pas mal!...C'est tout ce que vous trouvez à dire?...Et d'abord elle est horrible!

Horrible?... Il ne me semble pas, moi ...Elle me paraît très ressemblante, au contraire.

C'est ça!... Prenez la défense de ces goujats!... De ces malotrus!... De ces rustres!... C'est un comble!... Et puis, il est bien question de ressemblance!... C'est bien plus grave que ça!...

Plus grave que ça?...Mais alors, de quoi s'agit-il?...

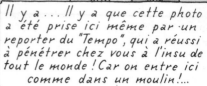

Vite ! allons voir !...

Ça, par exemple ! ...Personne !!!!

Au secours !

Que se passe-t-il ?...

Ah ! monsieur Wagner ...Je ne sais pas...

J'ai entendu crier madame Castafiore... Puis, il y a eu le bruit d'une chute dans l'escalier...

Moi aussi, j'ai cru entendre quelque chose... Mais comme j'étais au piano...

Sniff... sniff...

Mon émeraude !!... Sniff... sniff...

Que vous est-il arrivé, madame... ?...

L'émeraude !...Sniff... L'émeraude du maharadjah de Gopal...Sniff... On me l'a volée !...Sniff...sniff...

Voyons, madame, réfléchissez bien... Peut-être l'avez-vous simplement éga-...rée ?...

Non, non...Sniff...J'avais posé l'écrin qui la contenait sur la coiffeuse, là... Je l'ai ouvert...sniff...pour admirer le bijou... Puis, je suis allée dans la salle de bain... sniff... où je suis restée un quart d'heure, peut-être... Sniff...Et lorsque je suis revenue ici, l'écrin était vide... Sniff...sniff...

Voyez... sniff... l'écrin se trouve toujours là où je l'avais déposé.

Peut-être le bijou sera-t-il tombé à terre, et...

Non, non !...Impossible !... Il se trouvait dans l'écrin ...Et Irma a déjà cherché...

On l'a volé, je vous dis... Sniff... Il faut tout de suite prévenir la police... Sniff...

Bon ! Je téléphone immédiatement.

Vol ou pas vol, qui donc est tombé dans l'escalier ?...

BOUM BADABOUM

Mille millions de mille sabords ! encore un !...

Tu te demandais qui était tombé... Eh bien ! tu le sais maintenant !...

Ou je me trompe, ou le voleur, c'est celui qui est tombé dans l'escalier tout à l'heure...

Alli?... Allu?... Allo?... Oui... avec d, comme Démocrite, oui. Bonj... Quoi?... Un vol!!!... Une émeraude!!!... Mais... Je... Dites-moi, madame Castafiore est-elle sûre, cette fois, que ce bijou a réellement été volé?...

Judicieuse question!...

Il semble bien que oui, hélas!

Bon!... Eh bien, elle a de la chance!... Parce que j'aime autant vous dire que si elle nous avait dérangés encore une fois pour rien, nous ne serions pas venus!...

Je dirais même plus...

Et une demi-heure plus tard...

Résumons-nous... Si le vol a été commis par quelqu'un du château, il n'y a que six personnes qui peuvent être suspectées : Irma, le pianiste Wagner, Nestor, le professeur Tournesol, Tintin et vous-même, évidemment, capitaine.

Ah! mais... Dites donc, vous!!!

Attendez!... Trois de ces personnes sont à mettre hors cause : vous-même, qui n'avez pas pu monter les escaliers en petite voiture ; Tintin, qui se trouvait près de vous ; et Wagner, qui jouait du piano dans la salle de marine.

Ah! celui-là, pour ce qui est de jouer du piano...

Restent donc Irma, Nestor et le Tryphon Tournesol...

Un de ces trois-là, coupable?!?... Vous n'êtes pas tombés sur la tête?!?...

Et pourtant, avec votre permission, nous allons les interroger, séparément, et en dehors de votre présence.

Soit! Je vais commencer par vous envoyer Nestor... Mais vous perdez votre temps.

Où je me trouvais?... Au jardin, non loin du professeur Tournesol, qui taillait ses rosiers... Moi, je ratissais une allée lorsque j'ai entendu crier madame Castafiore... A ce moment, j'ai levé les yeux vers ses fenêtres...

Ah! ah!... vous admettez donc que, de l'endroit où vous étiez, vous pouviez apercevoir ses fenêtres...

Mais oui, monsieur... Alors, comme les appels continuaient, j'ai lâché mon rateau et j'ai couru vers le château...

C'est ça : vous avez lâché votre château pour courir vers le rateau. C'est bien, je vous remercie. Voulez-vous demander au capitaine de faire entrer Irma?...

Sniff... J'étais occupée à broder dans ma chambre... Sniff... Tout à coup... sniff... j'ai entendu crier madame... Sniff... Je me suis précipitée chez elle... sniff... juste à temps... sniff... pour la recevoir dans mes bras... sniff... évanouie... sniff...

Ah! ah!...

Votre patronne nous a dit qu'elle était restée un quart d'heure dans la salle de bain. En somme, vous auriez eu l'occasion, sachant cela, de pénétrer dans sa chambre, sans faire de bruit, de vous emparer du bijou ...ou de le lancer par la fenêtre à un complice ...A Nestor, par exemple!... Allons! avoue!!!

HI-I-I-I-I-I!

A moi!

Tintin! au secours!

Brutes ! OUILLE ! AÏE !

?! Brutes ! Brutes ! Brutes !

Madame Irma !...Que se passe-t-il ?... Arrêtez !

Ils...sniff...m'ont accusée d'avoir...sniff... volé l'émeraude...sniff...de madame... Moi, qui n'ai... sniff... jamais pris une épingle... sniff...à personne...Sniff ...C'est à moi...sniff...au contraire...sniff...qu'on a volé une paire de petits ciseaux... sniff...et mon beau dé en argent... Sniff... Et ils osent m'accuser ...sniff...ces deux méchants hommes !...

BEU-EU-EU-EUH !

C'est vrai ?... Vous l'avez réellement accusée ?...

Euh...C'est-à-dire...Je Un tout petit peu, pour voir... C'est un truc qui réussit parfois, vous savez...

Bon, simple incident !... Les risques du métier...Voulez-vous nous envoyer Tournesol ?

D'accord... Mais, à votre place, j'userais d'une autre méthode !

Professeur, est-il exact que Nestor se trouvait près de vous au moment où madame Castafiore a commencé à crier ?...

Pas du tout !...Vous ne me dérangez pas le moins du monde...On m'a d'ailleurs mis au courant du vol qui vient d'être commis. J'en suis navré pour cette pauvre chère dame ...

Oui... Hem !... Bien !... Mais là n'est pas la question, professeur.

C'est à quoi j'ai songé tout de suite, naturellement !... Et j'étais déjà arrivé à certains résultats lorsque vous m'avez fait appeler.

Ah ! non, ça ne se passera pas comme ça !... Ah ! non !...

Bien entendu, ce n'est encore qu'une simple indication, mais voyez mon pendule.

?

Ah ! vous voilà, vous deux !...

Il désigne le sud-est. C'est-à-dire qu'il indique...

Qu'est-ce que j'apprends ?...Vous avez eu l'audace d'accuser Irma, mon honnête Irma !... Ah ! ça ne se passera pas comme ça !...S'attaquer à une faible femme !... Je me plaindrai à la Ligue des Droits de l'Homme !...

...la direction du campement des Tziganes...

Et si Irma décide de me rendre son tablier, après cet affront, est-ce vous qui me procurerez une nouvelle bonne ?...Et les gages qu'une autre exigera, est-ce vous qui les payerez, oui ?... Et puis, c'est bien simple, si vous ne faites pas des excuses à Irma, je...

... je quitte immédiatement cette maison ! Je vais l'annoncer au capitaine !

Vous voyez ?... Toujours le sud-est...

Euh... Revenons à nos boutons...

Entendons-nous, n'est-ce pas, je ne les accuse pas. Je constate simplement que mon pendule indique la direction de leur camp.

Mais de quel camp parlez-vous, à la fin ?...

Ah ! pardon !...Là, je vous arrête !...Ce sont de véritables Tziganes !...Je les ai vus comme je vous vois, jeune homme !

Dites donc, votre Tournesol, ne serait-il pas un peu...euh...non ?...Il ne cesse de parler d'un camp de Romanichels...

Eh bien ! c'est vrai : il y a un campement de Romanichels à proximité...

Comment, c'est vrai ?... Vous ne pouviez pas le dire plus tôt ?... Les voilà, les coupables !...Ça ne fait pas l'oncle d'un doute !...

Mais voyons ! Quelles preuves avez-vous ?...

Des preuves ?...Nous les trouverons ! Ces gens sont tous des voleurs !... Ah ! ça ne va pas traîner !...Allons, conduisez-nous à ce camp !

Soit ! je veux bien...Mais ce n'est pas parce que ce sont des Bohémiens que vous avez le droit de les soupçonner.

D'ailleurs, ça m'étonnerait qu'ils soient encore là !...Leur coup fait, ils ont dû déguerpir...

Je n'en crois rien !

Et alors, ce camp ?...

OH!

Eh bien ?

Ils...ils sont partis !... Et pourtant, hier soir, je les ai encore aperçus...

Hein !...Qu'est-ce que je vous disais, qu'ils auraient décampé ?...

Mais ils n'iront pas loin !...

... je répète : ordre à toutes brigades de gendarmerie d'intercepter une caravane de Romanichels partie, il y a quelques heures, de Moulinsart pour une destination inconnue...

L'enquête au sujet du vol commis au préjudice de Mme Castafiore se poursuit. *Etc...etc... Ah!...* Les Romanichels, sur qui pèsent de graves soupçons, ont été mis sous surveillance. Dans les milieux judiciaires, toutefois, on observe la plus grande discrétion sur cette affaire qui...

Les pauvres gens! ...Je suis pourtant persuadé qu'ils sont innocents.

Moi aussi, j'en mettrais ma main au feu, mais...

Mes amis! mes chers amis!... une nouvelle sensationnelle!... Sen-sa-tion-nel-le!... Je viens d'inventer un appareil de télévision!...

Eh bien! vous, vous êtes un pré-...-curseur!...

En couleurs, parfaitement!... C'est l'autre jour, en voyant tous ces postes ici, que je me suis dit: quel dommage que ces images soient seulement en noir et blanc!...

Bien sûr!... Il paraît cependant qu'en Amérique...

Au contraire, mais c'est comme l'œuf de Colomb!... Suivez-moi bien ...Les images que l'on voit sur le petit écran sont donc en noir et blanc, c'est entendu!... Mais au départ, hein?... Au départ?...

Au départ?...

Heu...

Je ne vous le fais pas dire!... Au départ, l'image, le sujet, est en couleurs... Bon. Eh bien, l'appareil que j'ai mis au point les restitue, ces couleurs!... Le principe?... Grosso modo, des filtres colorés, disposés entre un appareil de télévision ordinaire et un autre écran!... Je compte l'appeler le "Supercolor-Tryphonar".

Mais c'est génial, ça!...

Si vous voulez!... Mais toute modestie mise à part, je vous dis, moi: c'est génial!... D'ailleurs, vous en jugerez vous-même. Ce soir, il y a la fameuse émission "Cinq millions à la une"... Je vous invite cordialement à y assister chez moi.

Et le soir même...

Et maintenant, mes amis, ouvrez bien vos yeux!... Retenez votre souffle!... Le moment est historique!...

...oici, chers téléspectateurs **BING** Cinq millions **BONG** à la une **DONG**

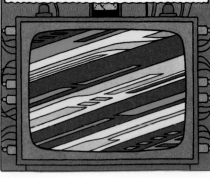

Notre programme de ce soir vous offre une suite brillante et variée de reportages sur...

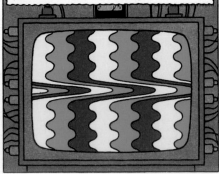

...le XXIe Congrès du Parti moustachiste à Szohôd, la vie secrète de l'Abominable Homme-des-Neiges, l'affaire du Vol de l'Émeraude, à Moulinsart...

Ça, par exemple!...

Quelle coïncidence!...

Ça tombe à pic!...

Au XXIe Congrès du Parti moustachiste, à Szohôd, le général Plekszy-Gladz, dans un discours d'une rare violence...

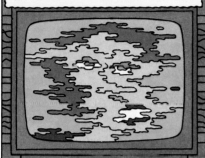

Évidemment, l'image n'est peut-être pas tout à fait nette, mais je vais la régler...

DIGUEDOUG DAGADIGUDOUG DOUGODUG DAGODAGODOUG DEGUEDOU

C'est mieux, n'est-ce pas ?

Le son, maintenant!

C'est bon, non ?...

Non, non !... Le son ! Réglez le son, nom de nom !

CLAC

?

Oh ! désolé... Un projecteur qui aura sauté... Le temps de le réparer...

Et un quart d'heure plus tard.

Voilà ! C'était peu de chose !

...ièvement les faits. On sait que la grande cantatrice italienne, Bianca Castafiore, séjourne actuellement dans notre pays.

Ah ! je ris ♪ ♪ ♪ ♪ de me voir ♩ ♪ ♫ ♪ ♪ si belle ♪ ♪ ♪ en ce miroir... ♩ ♩. C'est moi, ça ? Oh ! quelle horreur !

Invitée au château de Moulinsart, la diva y a été victime d'un vol audacieux: une splendide émeraude a disparu dans les circonstances les plus mystérieuses.

Nos reporters ont eu la chance de pouvoir interviewer les inspecteurs chargés de l'enquête, et voici les déclarations qu'ils nous ont faites...

Nous avons dû immédiatement mettre hors cause les occupaux du châtan. Aucun d'eux n'aurait pu commettre le vol. Par contre...

...nous soupçonnûmes rapidement les Romanichels installés à promiscuité du château et qui, dès le lendemain du vol, avaient décampé...

Mais ils allaient être vite retrouvés et mis sous surveillance. Et, vingt-quatre heures plus tard, à la suite d'une perquisition dans une de leurs roulettes...pardon...roulottes, coup de théâtre !...

Non seulement, on retrouve chez eux une paire de ciseaux appartenant à la bonne de madame Castafiore, mais, dans une roulotte...

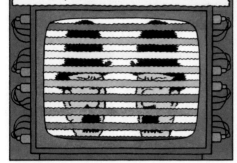

...on découvre un singe dressé!... Or, finalement, le vol de l'émeraude n'a pu être commis que par escalade; et encore, par un homme d'une agilité prodigieuse... Cet homme, nous l'avons démasqué : c'est le singe!... Bien sûr, toute la bande nie farouchement!

Les ciseaux auraient été "trouvés", près de leur camp, par une petite Gitane... Quant au singe, il n'aurait jamais quitté sa cage...

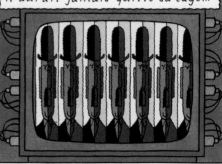

Voilà où en chont les soses... Certes, il y aura encore à récupérer le bijou. Mais cela, ce ne sera plus qu'un jeu d'enfant!...

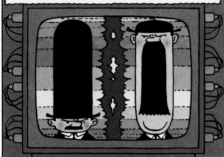

Eh bien, messieurs, il nous reste à vous féliciter pour cette brillante enquête et pour le lumineux exposé que vous venez d'en faire.

Et maintenant, chers téléspectateurs, abandonnons le passionnant domaine du mystère policier pour passer à un autre sujet. A présent...

Ah! non! Ça suffit comme ça!

Arrêtez! Je pleure comme une Madeleine!...

Assez! oui!

Évidemment, ce n'est pas encore tout à fait au point, mais...

J'ai du shimmy dans la vision!...

Moi aussi, je vois tout trouble!

Moi aussi!

Le lendemain matin...

Pauvres Tziganes!... Je continue à les croire innocents!... J'ai encore examiné la façade : même un singe aurait laissé des traces d'escalade. Or, je n'en ai vu aucune. Alors ?...

Tiens! Monsieur Wagner qui s'en va au village sur la vieille bicyclette de Nestor!...

Madame Castafiore lui a donc permis d'abandonner son piano. Profitons-en, Milou!...

Rentrons au château... Pour une fois qu'on n'y entendra pas des gammes!

Ah ! çà, je n'ai pas rêvé : je viens de voir monsieur Wagner s'en aller à bicyclette !... Qui peut bien jouer là ?...

Qu'est-ce qui te prend, Milou ?...

Wouah ! Wouah !

Hoho ! une échelle qu'on a dissimulée ici !... De mieux en mieux !... Bon ! puisqu'elle est là, profitons-en !

Il n'est pas encore de retour... Allons-y !

Ça, par exemple !!!

Un magnétophone à transistors, sur lequel il a enregistré ses propres gammes !!! Mais dans quel but, ce stratagème ?...

Dans quel but ?... Eh bien ! monsieur Wagner, nous allons le savoir !... Mais d'abord, vite remettre l'échelle en place...

Voilà !

Toi, Milou, cache-toi quelque part et ne fais pas de bruit !

Wouah !

Et maintenant, maestro, je vous attends !

Personne en vue : je puis me risquer...

51

Merci!... Mais, dites-moi, pourquoi m'avez-vous tiré d'affaire?...

Je voulais être seul avec vous ...Asseyez-vous au piano, maintenant: c'est plus sûr... Et je vous écoute...

Eh bien, soit! je vais tout vous avouer... Je suis joueur... Oui, je joue aux courses... Et c'est pour pouvoir téléphoner mes paris que je vais tous les jours au village...

Ah?...

C'est donc ça?... Cependant, vous n'étiez pas au village au moment du vol de l'émeraude, lorsqu'un mystérieux inconnu a fait une chute dans l'escalier...C'était vous, n'est-ce pas?

Oui, c'était moi...

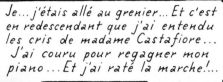

Je...j'étais allé au grenier... Et c'est en redescendant que j'ai entendu les cris de madame Castafiore... J'ai couru pour regagner mon piano...Et j'ai raté la marche!...

Qu'alliez-vous faire au grenier?

Eh bien! à différentes reprises, au crépuscule, il m'avait semblé entendre marcher là-haut... Or, la signora avait dit la même chose la nuit de son arrivée au château. Finalement, j'ai voulu en avoir le cœur net, et...

Pourquoi ne pas nous avoir alertés, tout simplement?...

Je... je ne voulais pas avoir l'air ridicule, au cas où je n'aurais rien trouvé...Et d'ailleurs, je n'ai rien trouvé...

Un mot encore, je vous prie... Le lendemain de votre arrivée, j'ai trouvé vos empreintes sous les fenêtres de madame Castafiore...

Oh!la, la! ça bavarde comme des pies, ces hommes!

Ah!oui...C'est possible...Après l'incident de la nuit, j'étais allé m'assurer que personne n'aurait pu escalader la façade en s'aidant du lierre.

Bon!...Eh bien! voilà toutes les explications que je désirais...avoir.

Non, je ne crois pas que ce soit lui qui ait volé l'émeraude: il avait l'air sincère... Et pourtant, il faut que je démasque le véritable coupable!

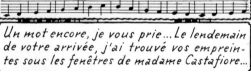

De toute manière, je serai ce soir au grenier: il ne faut négliger aucune piste...Tu viens, Milou?

Ah! te voilà enfin!

Et au crépuscule...

Chut!

Dis donc, Tintin, ça va durer encore longtemps ?...

Chut! Milou ...Écoute...

CRAC

Bah!...Une souris ou un rat... Veux-tu que je te l'attrape ?...

Chut!

POC POC POC

Oh!...Là!...Un hibou!...Ou une chouette!...Et qui niche ici, sans doute...

POC POC POC

Le voilà donc, le "monstre" qui marchait dans le grenier, et dont les yeux et les cris avaient tant effrayé madame Castafiore!...

WOU-OUH

Viens, mon vieux Milou!...Descendons, nous n'avons plus rien à faire ici.

Encore une fausse piste, hé-...las!...

Ça, par exemple!... Guéri, capitaine?... Quelle joie!...

Oui, le médecin sort à l'instant: il vient de m'enlever mon plâtre.

Ah! vous ne pouvez pas savoir le plaisir qu'on éprouve à se retrouver sur ses deux jambes!

Attention! ne vous app...

...uyez pas!...

A très bientôt, docteur!...

Mon Dieu! mon Dieu! qu'est-ce qui va se passer?...

Il faudra qu'un jour je me décide à mettre un peu d'ordre dans cette voiture...

Qu'est-ce qui s'est passé?... Qu'est-ce qui s'est passé?...

Qu'est-ce qui s'est passé?... Qu'est-ce qui s'est passé?...

Mon cher capitaine Maggock, je ...Oh! mais vous voilà sur pied?... Toutes mes félicitations!...

Merci!

Il m'est pénible de venir assombrir votre joie, mais j'ai une triste nouvelle à vous annoncer: je vous quitte demain!...

Non!...Pas possible!... Ce n'est pas vrai?!...

Hélas! oui! cher ami!... On m'attend à la Scala de Milan: un opéra de Rossini qui doit se donner avant mon départ pour les États-Unis.

Je suis navré... Désolé...Je... Et c'est...c'est vraiment décidé?...

Vous êtes gentil d'insister pour me retenir, mais j'ai déjà mes billets d'avion.

Ha!

Elle s'en va!... Elle-s'en-va!!!

Et elle s'en va... Dzim ♩ boum tralala tralalaïtou... ♪♪♫ Et elle s'en va, vieux frère!

Et elle s'en v...!?!...a...Tagada... Tugudu... Euh!... Hem!...

...Et elle s'en va, ma douleur !...Ma douleur au pied, elle s'en va...Tralala !

Quel grand enfant !...

Venez, venez, vous allez prendre un petit alcool pour vous remettre.

Et le jour du départ est arrivé...

Au revoir, chère madame. Et bon voyage !...

Au revoir, cher capitaine Medock. Merci encore de votre charmante hospitalité...Je suis navrée de devoir vous quitter, mais je reviendrai : je vous en fais la promesse...

Je...ju...j'y compte bien, madame.

Quant à mon émeraude... sniff...sniff...dès que vous aurez des nouvelles...

Vous serez immédiatement avertie, oui, oui... Partez sans crainte...

Chère madame, veuillez accepter ces modestes roses, les premières d'une variété que je viens de créer et à laquelle je me suis permis de donner le beau nom de "Bianca" !

Quelle idée adorable !

Elles sont merveilleuses !... Mê-êrveilleuses !... Et quel parfum !... Sentez, capitaine Kapstock...

Non, non, merci !

Cher professeur, il faut que je vous embrasse...

SMAK

Et maintenant, je dois absolument me sauver...

C'est ça, c'est ça !...Au revoir, au revoir !...

Arrivederci !...Et soignez bien Coco !...

Soyez tranquille !...

C'est trop aimable !

Et revenez vite !!!

!

CIEL! MES BIJOUX!

Monsieur !... Monsieur !... Madame a oublié ceci !...

Ciel ! ses bijoux !

Merci, Prosper !... Et pour vous récompenser, je vous enverrai une photo dédicacée.

Cette fois, c'est fini !... Bien fini !... C'est fini, les gammes ! ... Fini, les vocalises !... Fini, les "Ciel ! mes bijoux !"...

CIEL ! MES BIJOUX !

Ah ! toi, mon gaillard, si tu tiens à tes plumes, je te conseille de changer de disque !

CRÔ !

SILENCE QUAND JE PARLE, MILLE MILLIONS DE MILLE SABORDS !!!

Trois semaines ont passé...

Oui...Oui...Oui, je sais...Ce n'est pas ma faute...Comment ?...Non, ce n'est pas la vôtre non plus, évidemment...Oui...Mais il y a eu les congés payés...Et puis, j'ai eu la grippe, et... Ah ! quand ?... Demain ?... Non, demain, impossible...Mais tout au début de la semaine prochaine...

Monsieur Boullu, lorsque je vous tiendrai sous la main, je vous dirai ma façon de penser !

CLAC

Ah ! la, la ! mais qu'est-ce qu'ils ont tous actuellement, les gens, à être si pressés ?C'est à cause de ça qu'il y a tant de maladies de cœur...

C'est bien vrai, allez, Isidore !

Vous avez lu le "Billet du jour" dans "La Dépêche" ?Il est consacré à...

...la Castapipe, oui, je l'ai lu.

Billet au jour

LE ROSSIGNOL ET LA POLICE

TRIOMPHE sans précédent... Interprétation inoubliable... Artiste « grandissime »... Ainsi s'extasie toute la presse italienne à propos du récent gala de la Scala de Milan, où la célèbre Castafiore — pour ses adieux à l'Europe — s'est produite dans l'opéra de Rossini, LA GAZZA LADRA.

La diva a été l'objet de quinze rappels. Bravo, bravissimo !... Puisse l'enthousiasme de ses adulateurs avoir versé un baume sur son cœur meurtri ; car on la dit inconsolable de la disparition du plus beau de ses bijoux.

A-t-elle assez défrayé la chronique, cette « Affaire du vol de l'Émeraude » dont le château de Moulinsart fut naguère le théâtre ?... Des Bohémiens ont été soupçonnés d'avoir utilisé un singe pour dérober la magnifique pierre, don du maharadjah de Gopal. Cette suspicion continue à peser sur eux ; on les surveille, paraît-il, étroitement. Mais l'émeraude demeure introuvable.

Toujours cette absurde histoire de singe voleur ! Même parfaitement dressé, voyez-vous un animal allant tout droit à l'objet qui...

A propos d'animal, je viens de téléphoner au marbrier. Et...

Mais...Mais... Au fait, pourquoi pas ???...

Pourquoi pas quoi ?...

Où allez-vous ?...Mais où donc allez-vous ?...

Je reviens tout de suite !

Wouah ! Wouah !

Vous avez découvert l'endroit où les Romanichels ont caché l'émeraude?...

Les Romanichels n'ont rien caché du tout!...

Regardez là-haut!... C'est là que se trouve certainement la clef du mystère!...

Là-haut?

Où ça, là-haut?

Oui, où là, ça-haut?

Là-haut, dans ce peuplier...

Dans ce peuplier?... Tout ce que je vois, c'est un nid!

Oui, mais ce nid est un nid de pie, capitaine...

Quoi?... Vous voulez dire que...

Que c'est une pie qui a volé l'émeraude! Oui, j'en mettrais ma main au feu!...

Tonnerre de Brest, c'était donc pour grimper jusqu'à ce nid que vous êtes allé emprunter le matériel du père Vanneau?...

Exactement!...

Au nom du ciel! Tintin, soyez prudent!...

Ça ira!

HÊ-Ê-EK!

Tintin! de grâce, faites attention!...

Soyez tranquille, je...

CRAC

Gare là-dessous !... Une branche morte !...

CRAC

Il n'y a pas de mal !... Et vous, avez-vous trouvé quelque chose ?...

Oui, voilà déjà le dé à coudre d'Irma !...

ET L'ÉMERAUDE !... VOICI L'ÉMERAUDE !...

Des éclats de verre... Une bille d'agate... Un monocle... C'est tout... Je redescends...

Hê-ê-êk

...Voleur !

Magnifique !... Tintin, vous êtes un as !... Mais qu'est-ce donc qui vous a fait brusquement songer à une pie ?...

Quel était le titre de l'opéra dont parlait le journal tout à l'heure ?

Je ne sais plus, moi, un truc comme "Pizza"... ou "Ragazza"...

La "Gazza Ladra", c'est-à-dire, en français, la Pie Voleuse !... Pour moi, ça a été la lumière !

Je me suis dit : "Il y a une "gazza ladra" dans les parages ! Où ?... Près de l'endroit où les ciseaux, tombés du nid de la voleuse, ont été ramassés par la petite Miarka"... J'ai couru voir à cet endroit : il y avait un nid !... Et voilà donc les Bohémiens hors cause !...

C'est bien notre chance ! Pour une fois que nous tenions des coupables, il faut qu'ils s'arrangent pour être innocents !...

C'est vrai, à la fin, on dirait qu'ils le font exprès !...

En tout cas, nous avons retrouvé l'émeraude : c'est l'essentiel ! Il n'y a plus qu'à la remettre à madame Castafiore.

Justement, notre ami Tryphon part tout à l'heure pour Milan ; il pourrait peut-être se charger du bijou ?...

Pas question !... C'est nous, et nous seuls, qui le remettrons à sa propriétaire : noblisse oblège !...

Bon... Comme vous voudrez... Voici l'objet.

Moi, ce qui me réjouit le plus, là-dedans, c'est de savoir que ces braves Romanichels vont être lavés de tout soupçon

C'est beau, une émeraude !...

Je dirais même plus...

? ?

OH !...

Qu'est-ce que vous faites là?...

C'est...Euh...C'est la...C'est l'émeraude qui... qui est tombée dans l'herbe...Et comme c'est vert, l'herbe...

Je dirais même plus...

C'est malin!...Ah! ça c'est malin!... Mais comme c'est malin!...

Ça peut arriver à tout le monde, non?...

Wouah! Wouah! Il est ici, votre caillou!...

Voilà!...Et ne le perdez plus, maintenant!...

Pensez-vous!

Et quelques instants plus tard...

Au revoir, chers amis, je m'en vais...Rien d'autre à dire à madame Castafiore?

Si, justement!

Une excellente nouvelle!... Vous pourrez lui annoncer que son émeraude a été retrouvée par Tintin...

Oh! non, je prends l'avion: c'est beaucoup plus rapide!

Je vous dis que l'émeraude de la Castafiore est retrouvée!... L'é-me-rau-de! L'ÉMERAUDE!

En fraude?...Oh! non, jamais! ...Chez moi, c'est un principe: je déclare toujours tout à la douane!...Au revoir!

Allons, capitaine, calmez-vous! Nous en serons quittes pour télégraphier la nouvelle à madame Castafiore.

Et comptez sur moi pour lui transmettre votre in-...-vitation...

Et nous aussi, nous parlons pour Mitan ...euh...nous martons pour Pilan...Bref, au plaisir de vous revoir, capitaine!

Au revoir! Au revoir!

Au revoir! Et merci pour votre petit coup de main!...

C'est bien toi qui as l'émeraude!...

Mais non, c'est toi!...

Pardon, je te l'ai donnée, et...

Pas du tout!...C'est toi, au contraire, qui...

Le lendemain...

Ah! quelle bonne promenade!...Et plus de casse-pieds à l'horizon!... C'est le paradis!...

Ah! vous voilà, capitaine!...Venez voir!...

Quoi?...Qu'y a-t-il?...Ne me dites pas qu'ELLE est revenue!...

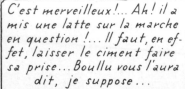